L'HOMME
DE SEDAN

POEME

PAR ERNEST FADAT

NOUVELLE ÉDITION

MONTPELLIER

IMPRIMERIE CENTRALE DU MIDI

(Hamelin frères)

1879

L'HOMME

DE SEDAN

POEME

PAR ERNEST FADAT

———

NOUVELLE ÉDITION

MONTPELLIER

IMPRIMERIE CENTRALE DU MIDI

(Hamelin frères)

—

1879

AU LECTEUR

———

Cette pièce fut composée sous la surexcitation produite par la funeste catastrophe du dernier Empire. Un certain nombre d'exemplaires en furent vendus dans quelques communes du canton du Vigan.

Sur l'avis de patriotes éminents et que j'estime beaucoup, j'en livre une deuxième édition.

Ernest FADAT.

———

L'HOMME

DE SEDAN

PROLOGUE

A MES VERS

Vous que j'avais proscrits au sceau de la poussière
Fougueux élans d'un cœur justement irrité ;
Allons, secouez-vous, volez à la lumière :
L'on veut bien vous tirer de votre obscurité.

AUX CITOYENS

La foudre semble encor vasciller sur nos têtes
Et de sombres volcans s'agiter sous nos pas ;
Courage ! Mais pour bien surmonter les tempêtes,
Fraternisons, Français, ne nous divisons pas

I

Un homme était monté sur une haute cime,
Et de là contemplait la France et ses beautés :
Non, non ! se disait-il, de ce degré sublime
    Je ne puis, dans l'abîme,
Rouler à la lueur des funestes clartés.

Et son œil terne, alors, pour mieux sonder l'espace,
Semblait vouloir sortir de son orbite creux.
Puis, un sourire amer errant dessus sa face,
    Y laissait une trace
De quelque chose, hélas ! d'infernal, d'odieux !

Et puis il écoutait ; car jusqu'à ce visage
Venait frapper l'écho de mugissantes voix ;
Et puis il avait peur : redoutant le présage
    De l'éternel orage,
Ennemi déclaré des tyrans et des rois.

II

    Parbleu ! vous le voyez, cet homme ;
    Cet homme, sans que je le nomme,
    N'était pas un Adamastor :
    Non, car à toutes les tempêtes
    Il préférait les cris de fêtes
    Vibrant au tin tin de notre or.

III

Non, mais l'humanité, quoique étant bien fragile,
A toujours mélangé l'orgueil à son argile ;
Et lui, c'était le fils, l'enfant gâté du sort.
Un géant l'avait pris à l'abri de son aile,
    Et l'ombre du géant... rien qu'elle,
L'avait en grand triomphe enfin conduit au port.

Il pensait que toujours la redingote grise
Couvrirait sa noirceur ainsi que sa bêtise ;

Il pensait que toujours le grand-petit chapeau,
Ce grand petit-chapeau dont la crasse elle-même
    Valait bien plus qu'un diadème,
Le conduirait glorieux jusqu'à son tombeau.

Il pensait... Eh! ma foi, qu'eût-on fait à sa place,
En voyant à ses pieds si lumineuse trace?
L'illusion souvent trompe nos appétits;
Et, lorsque la fortune vers nous tourne sa roue,
    Il faut bien qu'on l'avoue,
Le vertige nous prend....soit grands comme petits.

Puis nous l'avons tous vu ; pour nul ce n'est mystère.
Sa conjecture à lui n'était pas tout chimère!
Il nous jeta son gant du haut de sa grandeur ;
Et devant ce gant-là, presque entière en démence,
    S'inclina notre France
En criant : Gloire au maître ! il fait notre bonheur!

IV

Alors, gonflé d'orgueil (grenouille de la fable),
Il voulut sans apprêt faire le formidable :
Et la tête sans frein, d'un poignet menaçant,
Il lança vers l'Est-Nord son foudre fumant encore,
    Et l'actif météore
Traça sur la frontière un horizon sanglant.

Aussitôt, effrayé de ce qu'il vient de faire,
Avec ses yeux hagards il roule vers la sphère
Dont il a soutiré l'éclair incandescent.
Les poings crispés, tremblant, demi-mort, il s'arrête
    Sur une haute crête,
Et là, blême, pensif, il regarde, il attend....

Aussi prompts que l'éclair, ses coureurs vont et viennent
Cela va !... Nos aigles, avec ce qu'elles tiennent,
Jettent des cris joyeux sur l'autre bord du Rhin.
Soudain l'homme se dresse, et, partant d'un gros rire,
    Crie dans le délire :
« Je l'avais bien prédit, nous irons à Berlin !

V

Halte-là... Ne va pas si vite,
Oh ! l'homme grand qui n'est qu'un nain :
Peux-tu savoir ce qu'à la suite
Te réserve le lendemain ?
Ignores-tu donc qu'un ciel sombre
A bientôt étendu son ombre
Sur les projets les plus brillants ?
Ne sais-tu pas que la tempête
Vient souvent d'une belle fête
Troubler les danses et les chants ?

Ignores-tu que sous la rose
Tourne parfois un ver rongeur ?
Ne sais-tu pas qu'en toute chose,
L'apparat n'est pas le bonheur ?
Ignores-tu que sur la plage,
L'Océan, parfois avec rage,
Inonde l'abri du pêcheur ?
Ignores-tu qu'un froid intense
A jadis trompé l'espérance
Et de la gloire et du vainqueur ?

Oh! ne t'abuses pas. La terre
C'est un dédale immense et noir :
Là, la souffrance et la misère ;
Ici, le bonheur et l'espoir.
Mais sur ces chemins où se pressent,
Où se relèvent où s'affaissent,
Où vont et viennent tant de sorts,
Souvent la joie suit la peine,
Et l'opulence parfois mène
Au désespoir comme aux remords !

VI

Tel le Nord en courroux, au plus fort des orages,
Tonne, frappe, mugit, entasse les nuages,
Et semble sous ses coups maîtriser le destin ;

Tels l'on vit les Prussiens, nourris sous son haleine,
Envahissant soudain les coteaux et la plaine,
Entasser devant nous des légions sans fin !

La lutte alors devient terrible et grandiose.
La gloire est tout. La mort compte pour peu de chose.
De tous côtés le bruit, la fumée, les feux ;
Et le Rhin, accroupi sous ses grottes profondes,
Tressaille et fait un bond, entendant sur ses ondes
Rouler l'immense écho d'un tintamarre affreux.

La discorde en nos rangs posant un pied perfide,
Dedans notre valeur fait passer un grand vide ;
La balance soudain penche pour l'ennemi.
Nos aigles hors de soi, l'œil en feu, griffe ouverte,
Après plusieurs assauts donnés en pure perte,
Reculent tout en sang, — mais sans avoir frémi !

Et l'homme, que fait-il ? L'homme grand, plein d'estime,
Qui veut fouler Berlin, prendre un trophée opime ;
Lui, qui mieux qu'un devin nous l'a tantôt prédit ;
Lâche Caligula ! loin d'en vouloir découdre,
Après avoir lancé la foudre,
Il voudrait à présent se tapir sous son lit.

Sous un ciel obscurci, sous un ciel tout en flammes,
L'ennemi déroulait ses mugissantes lames,
Poussant, engloutissant des monceaux de débris.
Il s'allonge, s'étend et toujours il avance ;
Entoure Metz, Strasbourg, prend Châlons, puis s'élance,
Tel qu'un tigre glouton, vers notre fier Paris.

VII

Bien souvent, lorsque dans l'arène
Bondit un taureau furieux ;
Afin de préserver de peine
Un compagnon audacieux,
D'autres matadors s'élancent,
Font grand bruit, reculent, avancent,
Attisent l'animal lutteur ;

Et l'animal tout en colère
Regarde ; puis, frappant la terre,
Sur eux s'élance avec fureur.

VIII

Ainsi, sur ce grand champ, sur cette arêne immense,
Que livre à l'étranger notre superbe France,
Un éclair prodigieux a brillé vers le Nord ;
Et puis un cri terrible au loin se fit entendre,
Et ce cri nous disait : Avant que de se rendre,
Les Ardennes verront la victoire ou la mort !

A ce cri, précurseur d'une grande tempête ;
A ce brillant éclair, tout écoute et s'arrête.
Les flots envahisseurs n'en savent que penser ;
Et, changeant tout à coup leur marche furibonde,
S'en vont en rugissant, sur le point où le monde
Contemple deux grands sorts au moment de lutter.

Oh ! quel spectacle affreux ! quand deux trombes humaines,
Volent avec fureur entrechoquer leurs haines.
Tout dans leur tourbillon n'a rien que d'infernal ;
De tous côtés surgit la rage ou la folie :
Insultes et jurons, voilà leur mélodie,
Et la sanglante mort leur tient lieu de fanal.

Sur un vaste horizon, sur un très-long espace,
Les combattants semblaient n'avoir pas trop de place,
Entre Réthel, Sedan, Mézières, Montmédy ;
Et cette humaine mer, splendide, enivrante,
Reflétait dans ses flots une lueur sanglante
De l'Est à l'Occident, du Nord jusqu'au Midi !

Les Français, les Prussiens, pleins d'une même rage,
Vont mesurer ici leur force et leur courage ;
Lances sabres, fusils, s'agitent à leurs bras ;
Des coursiers hennissants l'ardeur est impatiente,
Et des monstres d'airain à la gueule béante
N'attendent qu'un signal pour vomir le trépas.

IX

Aux armes ! C'en est fait, une immense étincelle
A brillé sur les champs, emportant avec elle
Le sort et le sang de deux grandes nations.
Tout s'ébranle soudain ! Et dessus cette terre
Qui gémit sous nos pieds, passe le chant de guerre
   Et des tambours et des clairons.

Tout s'ébranle. Et la nuit, sombre et menaçante,
En s'ébranlant devient une affreuse tourmente
De bruits, d'éclats, de feux, de foudres et d'éclairs.
Des drapeaux enflammés se montrent et s'effacent ;
Les aigles dans les airs se heurtent et s'enlacent,
   Comme les flammes des enfers.

Et les aides de camp, au rapide passage,
Sèment de tous côtés la flamme et le carnage,
Au cliquetis du sabre et de leurs éperons ;
Des casques, des képis, des chapeaux, des panaches,
S'agitent dans des flots de lances et de haches
   De la mort les champions.

X

La Meuse, tout en pleurs, tremblante, échevelée,
Veut chasser de chez soi la fougueuse mêlée :
Elle frappe ses bords de ses flancs écumeux ;
Gonfle, siffle, mugit, appelle ses naïades ;
Mais les nymphes, au bruit de telles sérénades,
   Ont fui sous d'autres cieux.

Par trois fois, sur son sein, elle voit, éperdue,
Passer et repasser une effroyable nue
Ruisselante d'éclairs, de foudres et de sang ;
De chocs, de contre-chocs, de voix retentissantes,
Et de cris suffoqués, de bien de chairs mourantes,
   Funèbre râlement.

Elle voit de partout ses lames agitées
Engloutir pêle-mêle hommes, chevaux, épées,
Et son cœur à jamais leur servir de tombeau.
Glacée, à cette vue, de terreur, d'épouvante,
Elle jette un haut cri plus fort que la tourmente,
    Puis disparaît sous l'eau.

Le Rhin dort-il ? Non : il secoue sa crinière,
Venant d'ouïr le cri d'une fille bien chère ;
Tout poudreux, vers Sédan il arrive à longs pas ;
Gueule, rugit, se perd dans des flots de poussière ;
Mais tremblant, suffoqué par son trop de colère,
    Il veut combattre et ne peut pas.

XI

Appel à vous de tous nos âges ;
Appel à vous de tous nos temps ;
Appel à vous fiers personnages
Que nous nommons [nos conquérants !
Apparais le premier en tête,
O géant ! qui de la tempête
Te faisais une belle fête
Parmi la foudre et ses éclats :
Toi de qui l'aile flamboyante
Frappait Berlin, Madrid, Tarente ;
Toi qui sous ta marche tonnante
Voyait s'écrouler les États ;

Toi qui foulais Rhin, Nil, Adige ;
Toi qui grondas sur le Thabor,
Viens à nous, ton devoir l'exige,
Car ton sceptre scintille encor.
Puis, vous tous ses frères de gloire :
Henri, ce fils de la victoire,
Jeanne d'éternelle mémoire,
De Condé, Turenne, Louis,
Clovis, Pépin et Charlemagne,
Venez tous dans cette campagne

Tirer des mains de l'Allemagne
La France, votre cher pays !

Rompez vos entrailles funèbres,
Désertez votre noir séjour ;
Veillez sur nous, spectres célèbres,
Soutenez-nous en ce grand jour.
Voyez, il est encore des braves ;
Voyez combattre ces zouaves ;
Ils sont bien rarement esclaves,
Ou s'ils le sont, c'est de la mort.
Voyez, l'armée presque entière
Voudrait, en mordant la poussière,
Creuser son urne funéraire
Plutôt que d'avoir un vil sort.

XII

Que vois-je ? Est-ce bien vrai ? lumineuse phalange ;
Oh ! vous m'apparaissez sous un aspect étrange.
        Grandes ombres, pardon !
Mais montées pour nous, vous passez sur nos têtes ?
Tout tremble ! terre et cieux, hélas ! et vous n'y faites
        Pas même attention ?

Quels monstres! quels forfaits! quels démons! quels outrages
Peuvent ainsi blémir sur vos sacrés visages
        Le cachet des hauts lieux !
Vos regards menaçants sur le chef de l'armée
S'attachent en faisceau, tels qu'une ardente épée ;
        Vous est-il odieux ?

Dites-donc ? qu'en est-il ? Un seul d'entre vous pleure,
Et des lèvres de tous, que le mépris effleure,
        Ne sort pas un seul mot....
Loin de répondre, ô ciel ! vous partez en fumée ;
Vous passez au-dessus du brouillard de l'armée,
        Glissant, volant en haut !

Effrayants pronostics ! Qu'en penser et qu'en croire ?
Ces fiers héros, piliers de notre vieille gloire,

Ont fui notre étendard !
Avant que Samuel lui prédît sa défaite,
Saül avait frémi des pieds jusqu'à la tête
A l'aspect du vieillard.

XIII

Les foudres s'activaient vers l'orageuse arène
Et la mort déployait plus vite son manteau,
Lorsque encore un grand bruit plus loin frappant la plaine,
Vient faire retentir les cent voix de l'écho.
    Qu'est-ce donc ? Une armée entière,
    Qui nous attaque par derrière :
    Nous sommes pris entre deux feux.
    Hélas ! adieu notre espérance,
    Mais soyons dignes de la France :
    S'il faut mourir, mourrons en preux !

De tant d'éclats divers le choc épouvantable
Va troubler le globe jusqu'en son fondement ;
Et pour comble de maux, en ce jour déplorable,
Mac-Mahon est blessé, dit-on, mortellement.
    A cette funeste nouvelle,
    Sur notre camp, d'une à l'autre aile,
    On voit trembler nos bataillons :
    Tels les sillons de blés frémissent,
    Et se balancent et fléchissent
    Sous le souffle des aquilons.

Dès lors l'ardeur s'abat, le soldat s'épouvante ;
Devant ses sens frappés se montre Waterloo ;
Et la mort, du carnage abominable amante,
Reste seule debout sur ce navrant tableau.
    Sous les transes de telle crise,
    Chefs, soldats, sans que l'on devise,
    Loin de l'étoile des galons,
    Afin d'éviter la poursuite,
    Chacun s'enfuit, et vite, et vite !...
    A longs pas, à coups d'éperons.

C'est la déroute, hélas ! livide, délirante,
Criant : Sauve qui peut! à l'aspect du trépas.
On entend rarement, en pareille tourmente,
Ces mots : La garde meurt, elle ne se rend pas !
　　Canons, fusils, sac et gamelle,
　　Sont abandonnés pêle-mêle
　　Par des fuyards terrifiés ;
　　Mais enfin des portes se ferment
　　Derrière eux, et sous leurs cils germent
　　Des regards beaucoup moins frappés.

XIV

Courage ! nous voilà dans une citadelle;
Français ! il faut ici savoir vaincre ou mourir.
Plût au Ciel ! d'envoyer encore une pucelle
Dont le bras, malgré nous, s'en vînt nous secourir.
　　Mais ce second Charles septième,
　　Sur les débris d'un diadème
　　S'endort il lorsqu'il faut marcher ?
　　Le lâche ! il craint fort pour sa tête,
　　Et lorsque gronde la tempête
　　Il sait bien vite se cacher.

Oh France ! où te voilà ! Dans quel noir précipice,
Dans quel bourbier sans fond te plonge ton tyran ?
Après tant de bienfaits, il perd sa bienfaitrice !
C'est Néron poignardant sa mère dans Sédan !
　　Et, tandis que l'on se lamente,
　　Devant sa table succulente,
　　Parmi de dignes courtisans ;
　　Gorgés de notre or à mains pleines,
　　En oubliant gaîment ses peines,
　　Il se fait aux événements.

Mais le Ciel ne peut voir autant de perfidie ;
Aussi ne veut-il pas qu'il échappe aux verroux.
Assez, royal bouffon ; assez de comédie.
Donner vos gens, c'est bien ; mais il faut encor vous !
　　Rendez donc, rendez cette épée,

Qui dans sa brillante épopée
Ne s'est point flétrie de sang.
Elle était pleine de courage ;
Mais la mêlée et le carnage,
Oh ! ce n'était pas de son rang !

Dans le désordre encor troublée, palpitante,
Sous le poids accablant d'un si profond malheur ;
Notre armée était là, restant comme flottante....
Mais préférant toujours la mort au déshonneur,
    Soudain ! de l'embarras le tire
    Un ordre qu'on ne peut dédire,
    Car c'est un ordre souverain.
    Cet ordre lui dit de se rendre,
    De se rendre sans plus attendre,
    Sans attendre le lendemain....

XV

La nuit tend sur Sédan les fatidiques voiles
    D'un sort bien malheureux ;
La mort et la terreur, émoussant les étoiles,
    Y planent jusqu'aux cieux.

Et sur ce sol fatal, sous cette voûte hideuse,
    On n'entend par moments
Que quelque sentinelle à la voix langoureuse
    Et le cri des mourants.

Le jour vient, jour néfaste où, sous leur triste mine,
    Nos soldats désarmés ;
Ressemblent, en penchant le front sur la poitrine,
    A des suppliciés.

Un riche carrosse, tout jonché d'armoiries,
    Passe sur un grand train :
Il emporte celui dont les grandes folies
    Nous font un noir destin.

Dans le camp ennemi, sans tarder il s'arrête ;
    L'homme brute descend ,

Et, devant son vainqueur, pâle, baissant la tête,
    Aussitôt il se rend.

« Et voilà mon épée, a-t-il dit à Guillaume,
    Je me fais prisonnier. »
Guillaume, en ricanant, toise un moment cet homme ;
    Puis.lui donne un geôlier.

Et l'on dit qu'en gagnant sa nouvelle demeure,
    Il se prit à pleurer.
Pleurer ce n'est plus temps ! Des pleurs ! Ce n'est plus l'heure;
    Ton droit, c'est de ramper.

Lâche ! il fallait gémir, et d'une noble rage
    Animant tous tes sens ;
Défendre en temps voulu ton superbe héritage
    Jusqu'aux derniers moments.

XVI

Il l'a frappée au cœur notre vaillante France ;
    Mais dans le feu de la souffrance,
Elle semble augmenter d'audace et de vigueur.
Il l'a tachée au front cette puissante reine ;
    Mais sur sa face souveraine,
La rougeur en passant augmente sa grandeur !

Sublime ! Mais hélas ! il sera des transfuges
    Qui, par leurs sombres subterfuges,
Viendront à qui mieux mieux lui lier les deux mains ;
Et bientôt l'on verra, par leur immonde ouvrage.
    Et son ardeur et son courage,
Tomber sous des efforts inutiles et vains.

De tant de lâchetés et de tant d'infamies,
    De trahisons et de folies,
Les peuples ont frémi, les peuples frémiront;
Et de tout monstre roi : Macrin, Néron, Sévère,
    Christian, Cambyse, Tybère,
Les mânes en ont ri, les mânes en riront.

Émule ténébreux de ces grands misérables,
    Par tes actes inconcevables,
Oh ! tu mérites bien de seoir à leurs côtés,
Place donc ! place à toi dans leur fétide histoire,
    Et que ta fatale mémoire
Soit maudite à jamais par les postérités !

Si tu n'es point nommé dans cette poésie,
    C'est que les chants de la patrie,
En prononçant ton nom, craignent de se flétrir ;
Car tu portes en toi l'horreur et l'anathème,
    Et ta figure, sur l'or même,
D'outrages et de coups ne peut se garantir !

                    E. F.

Montpellier, Imprimerie centrale du Midi. — Hamelin frères

www.ingramcontent.com/pod-product-compliance
Lightning Source LLC
Chambersburg PA
CBHW061426170626
46811CB00005B/2141